www.tredition.de

AF185732

Wigbert Weingärtner

Mitten im Leben

Kurzgeschichten

www.tredition.de

© 2017 Wigbert Weingärtner

Verlag und Druck: tredition GmbH, Grindelallee 188, 20144 Hamburg

ISBN
Paperback: 978-3-7439-7927-7

Es gibt Dinge im Leben, von denen wohl jeder behaupten wird, daß er oder sie ganz sicher nicht in eine solche Situation geraten oder ihm dieses und jenes garantiert nicht passieren würde. Aber das Leben schreibt ja bekanntlich die unglaublichsten Geschichten. Und der Autor, zumindest der Co-Autor dieser Geschichten, sind wir selbst. Denn es sind nicht zuletzt unsere Handlungen und Entscheidungen, die den Lauf unserer Lebensgeschichte mitbestimmen.

Inhalt:

Unterwegs

Die Frau trug ein türkisfarbenes Sommerkleid mit einem weißen Ledergürtel und ihre kleinen Füße steckten in hellgrauen Schuhen mit Absatz. Außer einer Umhängetasche und einer leichten Strickjacke über dem Arm hatte sie kein Gepäck bei sich. Es schien, als ob sie in Eile sei, dafür sprachen jedenfalls ihre kurzen schnellen Schritte und die Tatsache, daß sie für den Bilderbuchtag nicht einen Blick hatte. Sie hatte eine Verabredung und dazu mußte sie zu einem bestimmten Zeitpunkt an einem bestimmten Ort sein.

Endlich hatte sie sich auf einem Sitzplatz im Zug niedergelassen, streckte die Beine aus und sah an sich hinab. Noch vor kurzem war sie eine strahlend schöne Frau gewesen, fröhlich und ausgelassen. Eine Ewigkeit schien das her zu sein! Ihr Mund zuckte bei dieser Erinnerung, aber es wurde nur ein schmerzliches Lächeln, das schnell erstarb. Sie war müde, unglaublich müde. Sie drückte sich fester in die Rückenlehne des Sitzes und sah in buntem Wechsel ziegelrote Dächer, strohfarbene Stoppelfelder und dunkelgrüne Reihen von belaubten Rebstöcken vorüberziehen. Während der letzten Wochen hatte sie nur wenig Schlaf finden können, so schwer wog die Entscheidung, die ihr auf der Seele lastete. Wie oft hatte sie alles hin und her gewendet, um sich endlich dazu durchzuringen, es heute hinter sich zu bringen. Sie hatte es sich wahrlich nicht leicht gemacht, aber es mußte sein, damit das Leben weitergehen konnte. Ihr linkes Auge zuckte unkontrolliert und bei genauerem Hinsehen zeigten sich feine Fältchen in ihrem jungen Gesicht. Jetzt, da sie nur ein wenig zur Ruhe gekommen war, wirkte es fast grau. Sie schloß erschöpft die Augen und das eintönige Geräusch des über die Schienen dahinratternden Zuges ließ sie in einen leichten Schlaf sinken.

Vielstimmiges Kinderlachen drang zu ihr, dazu das Geräusch aufgeregt davoneilender Schritte und das Raunen luftiger Blätter im Wind. Sie streichelte ihren an der Torschwelle liegenden Hund Alma und sah sich selbst mit dem Lederranzen auf dem Weg zur Schule. Plötzlich war ihr, als hörte sie eine bekannte Stimme hinter sich. Sie drehte sich um und erkannte ihre Schulfreundin Trudi, die am Ende der Straße stand und ihr winkend etwas zurief. Sie verstand nur, daß Trudi ihr unbedingt etwas mitteilen wollte, doch der Raum zwischen ihnen verschluckte die Worte. Resigniert zuckte sie die Schultern und setzte ihren Weg fort. Nur wenige Schritte später hatte sie den Marktplatz erreicht. Wie immer wollte sie zum vertrauten Bild des Glockenturms hoch schauen, als ein unerwartet heller Strahl der Morgensonne zwischen den Dächern hindurch fiel und sie blendete. Sie kniff die Augen zusammen und wollte gerade weitergehen, als jemand sie unsanft anrempelte und ihr zurief: „Steh doch hier nicht am hellichten Tag in der Gegend herum!" Mit diesem Ruck erwachte sie und fand sich in dem Zuge sitzend wieder. Sie mußte sich zusammenreißen, ermahnte sie sich selbst. Sie durfte nicht noch einmal einschlafen, sonst würde sie am Ende noch ihre Verabredung verpassen.

Der Schaffner kam und kontrollierte die Fahrkarte. Er hatte an diesem Vormittag nicht viel zu tun, denn sowohl der Berufs- als auch der Schulverkehr waren schon durch und er konnte den Rest seiner Frühschicht ruhiger angehen lassen. Immer wenn der Zug den letzten Halt vor der Stadt passiert hatte, lief er routinemäßig noch einmal durch alle Passagierabteile. Die Frau im türkisfarbenen Kleid fiel ihm auf, denn sie paßte so gar nicht zu den übrigen Reisenden, die entweder älteren Semesters waren oder zur jüngeren Gruppe verspäteter Azubis oder Studenten gehörten. Es schien ihm, als umgebe diese Frau eine unnahbare Aura, eine unsichtbare Mauer unermeßlicher Traurigkeit. Mitleidig blickte er sie von der Seite an, während er ihre Fahrkarte durchstanzte und sie ihr zurückgab. Sie lächelte ihm wortlos zu, er nickte und entfernte sich langsamen Schrittes. Am Ende des Abteils öffnete er mit geübtem Griff eine Schiebetür aus Glas, daß diese wie nach Luft ringend keuchte. Bald würden sie in der Stadt ankommen. Nur noch wenige Augenblicke, dann würden sie die Weichen vor der Einfahrt in den Hauptbahnhof passieren. Der Zug mußte wie stets an dieser Stelle seine Fahrt verlangsamen, doch heute kam er ganz unerwartet zum Stillstand. Der Schaffner bahnte sich seinen Weg nach vorne zum Zugführer, um zu erfahren, was denn los sei. „Ein verspäteter Expreß. Wir müssen warten, bis der durch ist", erhielt er zur Auskunft. Ihr Zug mußte auf ein Nebengleis ausweichen und ruckte erneut an, um dem anderen Platz zu machen. Schwerfällig rollte er auf den angewiesenen Platz über die selten befahrenen rostigen Schienen am Rande des Gleisbettes.

Die Frau im türkisfarbenen Kleid saß unbewegt auf ihrem Platz, in sich versunken und die Hände über ihren Leib gefaltet. Ohne etwas zu sehen, blickte sie gedankenverloren in die Fensterscheibe, in der sich das helle Sommerlicht spiegelte. In ihr tobte ein Kampf, ein unerbittlich ausgetragenes Gefecht, in dem sich beide Seiten jetzt offen gegenübertraten und mit ihren Argumenten beschossen. „Sie hat doch schon zwei Kinder. Ein drittes geht nicht", sagte die eine, während die andere Seite antwortete: „Wo es für zwei reicht, da reicht es auch für drei." „Aber sie schafft es nervlich nicht. Sieh doch nur, wie das alles an ihren Kräften zehrt", beharrte die erste Seite, worauf die Gegenseite erwiderte: „aber es ist ein Kind der Liebe. Das kann man doch nicht einfach ‚wegmachen' als sei es ein Stück Abfall." Schweiß trat auf ihre Stirn und die Finger ihrer Hände krallten sich fest ineinander. Was sollte sie nur tun? Der Termin war vereinbart, es würde bestimmt schnell gehen und sie würde es irgendwann vergessen. Umso mehr, tröstete sie sich, konnte sie sich ihren anderen Kindern widmen. Doch da war diese ganz tiefe Stimme in ihr, die sagte: „Aber es ist nicht recht!" Sie konnte diese Stimme nicht abstellen und immer wenn sie alle „vernünftigen" Gründe für sich aufgelistet hatte, drang diese Stimme wieder durch. Hin und her tobte die Auseinandersetzung, als ein schriller Pfeifton die Passagiere aufschreckte. Es war die selten genutzte Lautsprecheranlage, mittels der sie über die Verzögerung informiert wurden.

„Wenn es doch endlich entschieden wäre", seufzte die Frau, als sie diesen ungebärdigen und fest entschlossenen Tritt des kleinen Wesens in ihrem Bauch spürte. Da wußte sie, daß die Weichen gestellt waren und daß sie den nächsten Zug zurück nach Hause nehmen würde. Und so begründete im wahrsten Wortsinn ein kleiner Tritt meinen Eintritt ins Leben.

Tappsi

An was denken Sie, wenn Sie diesen Namen hören? Richtig: an einen kleinen Hund, der unsicher tappsend die ersten Schritte durch's Leben läuft. Und genau diese Unsicherheit, dieses Zögern und scheinbare Überlegen des kleinen Wesens hat zur Folge, daß ihm unsere uneingeschränkte Sympathie sicher ist. Natürlich war der Tappsi, an den ich denke, auch einmal ein Welpe, die ja generell für diese als „goldig" bezeichnete Eigenschaft bekannt sind. Dieses Lebensalter war für ihn allerdings weniger schön, denn er und die Geschwister seines Wurfes waren herzlich unerwünscht. Ihrer Mutter gelang es jedoch, zwei der Kleinen in Sicherheit zu bringen: Brüderchen Troll und eben der kleine Tappsi. Dieses nun war der rauhe Beginn und gleichzeitig der erste große Glücksfall in Tappsis langem Hundeleben.

Während der größere Bruder Troll bald ein gutes Zuhause fand, wollte den etwas mickrigen Tappsi keiner haben. Da man ihn aber unbedingt loswerden wollte, kam er zu einem drei Ecken weiter wohnenden neuen Herrn. Dieser, ein wohlhabender Bauer, besaß bereits einen großen Hund, der angekettet in der Hofeinfahrt liegend bei jedem Vorbeikommenden ein Höllenspektakel veranstaltete. Der kleine Tappsi paßte so gar nicht zu diesem Aufgabenbild, denn er war und blieb nicht nur klein, er war schlichtweg auch undefinierbar. Das begann schon mit seiner Fellfarbe: mal wurde sie als weiß beschrieben, mal als hellbraun (wobei sein Fell tatsächlich beide Farben in einem wilden Durcheinander größerer und kleinerer Flecken aufwies). Zudem war sein Fell zottelig, obwohl er im Frühjahr regelmäßig kurzgeschoren wurde. Er besaß den für Spitze typischen leicht geringelten Schwanz und hatte die unglaublichsten, nach allen Seiten und Richtungen sich ausrichtenden, streckenden, einklappbaren und wedelnden Ohren. Spätestens aber wenn man ihm in die Augen sah, war es um einen geschehen: während das eine die Welt mit einem verträumten Dunkelbraun betrachtete, blinzelte das andere im strahlendsten und schalkhaftesten Hellblau. Und genau so eine einmalige Mischung war Tappsi auch: bei ihm konnte man den Charakter tatsächlich an den Augen ablesen.

Sein neuer Herr schenkte diesen außergewöhnlichen Qualitäten leider wenig Beachtung. Für ihn lief dieses Hündchen so nebenher mit, wahrscheinlich war es auch eher für seinen Sohn gedacht gewesen. Aber der war an dem Tier nur kurzzeitig interessiert. Wie gerne hätte Tappsi den lieben langen Tag herumgetollt und herumgeschnüffelt oder sich im Garten hinter dem Haus unter den Holunderbusch gelegt. Sein Drang nach Freiheit, Spiel und Bewegung war unbändig. Dazu war er ein sehr leutseliger Hund, der alle Vorübergehenden stets fröhlich wedelnd begrüßte und auch gern ein Stückchen des Weges mit ihnen lief. Diese Freundlichkeit brachte ihm allerdings nichts Gutes ein, denn sein Herr befand, daß es so nicht weitergehen könne. Immer wenn er tagsüber auf dem Felde war, wurde Tappsi nun im alten Kuhstall eingesperrt. Das war ein großer Raum, in dem eine kleine Ecke mit Stroh für ihn eingerichtet wurde. Doch schon wenn man hineinging, sprang einen die Eiseskälte der düsteren Steinmauern an und ließ einen frösteln. Wie bang muß sich der kleine, nach Licht und Freiheit sehnende Tappsi da viele Stunden des Tages gefühlt haben. Immer wenn wir als Kinder an der verriegelten Stalltür vorbeikamen, schauten wir nach, ob er wieder im

Kuhstall war und befreiten ihn aus seinem Gefängnis. Wie umjubelte und umsprang er uns dann und folgte uns so lange, bis sein Hof außer Sichtweite geriet. Dann machte er von selbst kehrt und trollte sich wieder heimwärts. Natürlich blieben unsere Befreiungsaktionen nicht unbemerkt und wir erhielten eine Rüge von unseren Eltern. Doch immer wenn wir an dem Stall vorbeikamen, mußten wir an den armen Tappsi hinter der verschlossenen Tür denken. Dann schauten wir nach, ob er wieder ängstlich bangend in seinem Gefängnis saß und schlossen im Hinausgehen schweren Herzens die Tür hinter uns. Doch nicht lange und wir ließen uns von den so unendlich traurig blickenden und bittenden Hundeaugen wieder erweichen. Und nun geschah der zweite unerwartete Glücksfall in Tappsis Leben: sein Herr ließ ihn tagsüber jetzt frei auf dem Hof herumlaufen. Vielleicht war er auch einfach nur beschämt darüber, daß wir Kinder ihm seine Hartherzigkeit vor Augen geführt hatten.

Die Jahre vergingen, wir wurden größer und selbst der ewig verspielte Tappsi wurde erwachsen. Sein Herr war inzwischen Großvater geworden, da blieb für Tappsi immer weniger Aufmerksamkeit übrig. Er sah verdreckt und ungepflegt aus, auch Futter gab es für ihn nicht regelmäßig. So kam es, daß er zunehmend anderswo nach etwas Freßbarem Ausschau hielt. Manchmal war er tagelang verschwunden und man wußte nicht, ob ihm womöglich etwas zugestoßen war. Oder war er nur hinter irgendeiner tollen Hundefrau her? Manchmal sah man ihn am anderen Ende des Ortes in Gärten und im Feld streunend und oft wirkte er verstört. Ganz klar: er war ein Herumtreiber geworden und man konnte sich an drei Fingern abzählen, daß dies kein gutes Ende nehmen würde. Eines Tages erfuhren wir, daß Tappsi von einem Auto angefahren worden sei und wir befürchteten schon das Schlimmste. Aber der kleine Kerl hatte wiederum großes Glück: der Autofahrer brachte den blutenden Hund zum Tierarzt, wo er gut versorgt wurde. Nach kurzer Zeit war er wieder bei seinem Herrn und erholte sich langsam. Einzig eine steife Hinterpfote verblieb. Eine weitere Folge des Unfalls war erstaunlicherweise, daß Tappsi und sein Herr sich wieder näherkamen. Doch das währte nur kurz und Tappsi blieb erneut sich selbst überlassen. Inzwischen war er jedoch ein Hund in reiferen Jahren und zeigte durchaus Ansätze, endlich ein zuverlässiger Wachhund zu werden.

Der Lauf der Zeit machte allerdings auch bei ihm keine Ausnahme: er wurde langsam alt, schwächer und müder. Oft lag er, wenn wir vorbeigingen, unter den Weinstöcken und hob nur leicht das Köpfchen, auch wenn wir seinen Namen riefen. Oder hatte er uns gar nicht gehört? Jedenfalls sah und hörte er immer schlechter. Wie mochte es ihm jetzt ergehen, da er besonderer Pflege bedurfte? Wer würde sich um ihn kümmern? Wir bedauerten diesen alt gewordenen Kindheitsgefährten und dachten, daß nun wohl bald sein Ende käme. Aber das war es nicht, noch nicht. Tappsi wurde nicht nur alt, sondern steinalt: nach meiner Berechnung mindestens zweiundzwanzig Jahre. Denn erneut geschah ein besonderer Glücksfall im Leben dieses kleinen, liebenswerten Lausers: er wurde von einer älteren Frau adoptiert, die neu ins Dorf gezogen war. Ihre Kinder waren aus dem Hause und sie fand in dem kleinen bedürftigen Tappsi ein Wesen, das sie wunderbar verwöhnen konnte. Bald zog Tappsi zu ihr und in ein weiches Hundekörbchen in ihrem Wohnzimmer. Selbst als er fast taub und blind geworden war und sich nur noch schleichend fortbewegen konnte, sahen wir ihn in der Sonne auf ihrer Hausschwelle liegen und wir freuten uns für ihn, daß er es auf seine alten Tage so gut getroffen hatte. Was für ein – trotz aller Schwierigkeiten – erfülltes und glückliches Hundeleben!

Die Stadtoma

Wie jedes Kind naturgemäß zwei Großmütter hat, so hatte auch ich deren zwei. Sie waren allerdings grundverschieden und das nicht nur, weil die eine im gleichen Dorf und die andere in der entfernten Stadt lebte. Letztere war darum die „Stadtoma", die ich nur selten zu Gesicht bekam.

Eine der wenigen Gelegenheiten zu einem Besuch war ihr Geburtstag. Sie lebte in einem verwinkelten Wohnblock in einer Ein-Zimmer-Wohnung mit Balkon. Als Kind erschien mir das von der Nachmittagssonne hell durchflutete und behaglich aufgeräumte Zimmer sehr groß zu sein. Auf dem riesigen Sofa saßen Puppen und lagen unzählige Kissen und auf dem ausgezogenen Tisch davor stand ein verführerischer Erdbeerkuchen. Während die Erwachsenen leise miteinander sprachen, bestaunte ich regelmäßig die vielen im Zimmer verteilten Figürchen und Bildchen. Später entdeckte ich etwas Ungewöhnliches: auf einem Schränkchen neben der Wohnzimmertür befand sich ein Hausaltar mit Kruzifix, Kerzen und einem Marienbild, denn die Stadtoma war sehr

15

fromm. Nur so hatte sie Flucht und Vertreibung mit fünf kleinen Kindern und ein anschließendes jahrelanges Hungerleben überstehen können. Nur so hatte sie immer wieder die Ruhe und die Kraft gefunden weiterzumachen. Sie stellte keine Ansprüche, sie wünschte nichts für sich selbst, stets standen ihre Kinder für sie an erster Stelle. Und doch war sie glücklich und zufrieden, ihr bescheidenes Leben an diesem Ort friedlich zu Ende zu leben.

Als ich älter wurde und auch ohne elterliche Begleitung zu ihr fahren durfte, wurde mir die Kleinheit dieses Zimmers und ihrer Welt sehr schmerzlich bewußt und ich hatte, wenn ich länger blieb, immer das Bedürfnis, die Balkontür zu öffnen, um einen kurzen Spaziergang im angrenzenden Park zu unternehmen. Und doch war ich, wenn sie mich dann am Abend zum letzten Zug an den Bahnhof begleitete, immer ein wenig bedrückt, sie wieder allein lassen zu müssen. Auf dem Bahnsteig angekommen erwartete mich schon der pfeifende und qualmende Zug auf dem Gleis. Sie verabschiedete mich herzlich und wandte sich zum Gehen, um pünktlich zur Abendmesse zu kommen. Zur Hälfte hatte sie schon die Treppen in die Unterführung hinab hinter sich, da drehte sich die kleine, ärmlich gekleidete Frau noch einmal um, winkte mir zu und rief: „Gott befohlen!" Ich winkte zurück und mußte doch im nächsten Moment in den abfahrbereiten Zug springen. Es war das letzte Mal, daß ich sie sah. Aber ich weiß, daß mich ihre Gebete im Zug des Lebens bis heute begleitet und beschützt haben.

Wohl schon

Die beiden Jungen boten einen seltsamen Anblick, auch wenn sie beinahe gleich alt waren. Der eine war blaß, trug eine ziemlich häßliche Brille und machte den Eindruck, als ob er hinke. Er trug feine Klamotten, sprach aber in ebenso abgehackten wie unbedachten Sätzen. Der andere Junge war ein aufgewecktes, leutseliges Bürschchen. Zwar trug er nur abgewetzte Kleidung und wirkte auch sonst eher bäuerlich, er vermochte allerdings diese ihn eher unscheinbar machenden Äußerlichkeiten sehr gut zu verstecken, indem er Mensch und Tier gegenüber freundlich tat, ihnen schönredete und sie mit einem spitzbübischen Charme für sich gewann.

Während der Junge mit Brille, Benny genannt, in einer wohlhabenden Unternehmerfamilie zu Hause war, entstammte der andere Junge einer kinderreichen und finanzschwachen Familie. Wohl schon in der Grundschule hatten sich die beiden unterschiedlichen Charaktere zusammengefunden, offenbar spürten sie, wie gut sie einander ergänzten. Anfangs, als Benny wieder einmal von den anderen Kindern geärgert und ausgelacht wurde, war auch Andi bei den Lachern dabei. Bis er eines Tages die Seiten wechselte. Das war der Beginn einer denkbar ungleichen Freundschaft. Benny hatte keine Freunde, die gerne mit ihm spielten und war darum höchst erfreut über diesen Beweis von Zuneigung. Fortan lud er Andi immer öfter zu sich nach Hause ein. Auch Bennys Eltern verwöhnten ihn gerne mit Süßigkeiten und dem unglaublichsten Spielzeug: Lego ohne Ende und sogar einem kleinen Spielplatz mit Schaukel und Baumhaus hinter dem Haus. Manchmal nahm sie Bennys Mutter auch mit in die

Stadt oder ins Schwimmbad, wo beide Jungen ebenfalls auf ihre Kosten kamen. Für Benny war das alles nichts Besonderes, Andi hingegen sog diese Aufmerksamkeiten in sich auf und dürstete nach immer mehr. Mit der Zeit war es zur Gewohnheit geworden: Andi kam nachmittags zu Benny und damit das auch so bliebe, wurde ihm wie stillschweigend vereinbart etwas geboten. Während Benny glaubte, Andi sei sein Freund, nutzte der ihn immer schamloser aus. Er war es auch, der an Bennys Geburtstagen immer verrücktere und gewagtere Unternehmungen vorschlug. Einmal streiften sie durch das Dorf und riefen von einer Telefonzelle aus Bennys Eltern an, um ihnen mit verstellter Stimme mitzuteilen, Benny sei verunglückt. Lachend legten sie den Hörer auf die Gabel und glaubten, einen guten Scherz gemacht zu haben. Als sie jedoch zu Bennys Elternhaus kamen, gab es eine gehörige Schimpferei und Andi durfte für einige Wochen nicht mehr zu Besuch kommen. Natürlich konnten es die Eltern nicht verhindern, daß Andi erneut Bennys Vertrauen gewann. Der arme, leider nicht sehr helle Benny hatte ja auch sonst niemanden. Und Andi stellte es sehr geschickt an, auch Bennys Eltern wieder zu gefallen. Jedenfalls war nach kürzester Zeit alles wieder wie zuvor.

Als die Jungen ins Teenageralter kamen, wurden Andis Ideen immer bizarrer: an Bennys Geburtstagen wurde Münzgeld ausgeworfen und auf Betreiben von Andi war es üblich, daß Benny jedem Gast einen Wunsch erfüllen mußte. Auch Bennys Hündchen Jojo hätte so manches Lied von Andis Launenhaftigkeit erzählen können. Benny aber ließ alles mit sich machen, stets in Sorge, daß ihm Andi ansonsten seine Liebe entziehen würde. Schließlich ging auch diese eher harmlose Phase in der Entwicklung der beiden vorüber und es genügte Andi nicht mehr, daß Benny nur mal einen Zehner aus der Handtasche seiner Mutter stibitzte. Für Zigaretten oder neue Turnschuhe brauchte er mehr. So plünderten sie eines Abends, als Bennys Eltern aus waren, eine Geldkassette im Büro von Bennys Vater. Darin befanden sich unglücklicherweise mehrere hundert Mark, mit denen am nächsten Tag ein Lieferant in bar bezahlt werden sollte. Die beiden Jungen hatten unerwartet fette Beute gemacht und doch waren sie nun ein wenig ratlos, was sie damit anfangen sollten. So beschlossen sie, am nächsten Tag nach der Schule mit dem Bus in die Stadt zu fahren, um das Geld so schnell wie möglich auszugeben. Doch das gestaltete sich schwierig, denn wenn zwei 14-Jährige mit großen Scheinen auf Einkaufstour gehen, wird der ein oder andere Verkäufer doch stutzig. So gelang es ihnen nur, einen kleinen Teil der Beute zu versilbern, den Rest brachten sie ungenutzt wieder mit nach Hause und teilten ihn untereinander auf. Als Bennys Eltern den Diebstahl bemerkten, verständigten sie die Polizei. Schon nach kurzer Zeit war klar, daß hier keine Einbrecher am Werk gewesen waren, denn es waren weder Fenster noch Türen aufgebrochen worden. Schnell fiel der Verdacht auf Benny und dann wurde auch noch ein Teil der Beute in seinem Wäscheschrank gefunden. Da war Leugnen zwecklos. Ja, er habe das Geld genommen, gab er schließlich zu. Aber er sei es ganz allein gewesen.

Es braucht wenig Phantasie, um sich vorzustellen, wie diese verhängnisvolle Beziehung sich weiter entwickelte. Sie endete für Benny im Grunde erst, als seine Eltern ihn auf ein Internat schickten, um ihn Andis schlechtem Einfluß zu entziehen. Gleichzeitig wandte sich Andi einem anderen, ebenfalls aus gutbetuchtem Hause stammenden Jungen mit Namen Frankie zu. Benny war für ihn abgehakt. Mit diesem neuen Freund, der wie er ständig klamm war und Geld für „Stoff" brauchte, begann eine weitere Phase in Andis Ganovenleben: Zigarettenautomaten wurden geknackt, die Getränkekasse des Sportvereins ausgeräumt und - wenn Nachbarn und Bekannte in Urlaub waren - stiegen sie in deren Wohnungen ein. Diese Delikte konnte man beim besten Willen nicht mehr als Dumme-Jungen-Streiche durchgehen lassen. Als sich Frankie sogar dazu hinreißen ließ, die Eisverkäuferin mit der Schreckschußpistole seiner Mutter zu bedrohen, war der Bogen endgültig überspannt. Die Frau hatte den Räuber zwar nur ausgeschimpft, worauf der Hals über Kopf getürmt war, doch sie hatte ihn trotz des Tuchs vor dem Mund erkannt.

Nach dieser Aktion und einigen eher schlecht als recht abgeleisteten Sozialstunden wurde es etwas ruhiger. Aber das schien nur so, denn die Wünsche und Begierden, vor allem die des jungen Andi, hatten sich mitnichten in Wohlgefallen aufgelöst. Seine Eltern hatten ihm, jedenfalls sah er das so, nichts zu bieten, vielmehr schämte er sich ihrer Armut und Einfachheit. Er wollte kein Arbeitssklave werden wie sie, er wollte es zu etwas bringen und sich alles leisten können, wonach es ihn gelüstete. Und er hatte keineswegs die Absicht, dies mittels eigener Anstrengung zu erreichen. Wozu sich abmühen, wenn doch genug da war, das man sich nur zu holen brauchte, wenn man ein wenig gewitzt war? Wenn es einem nichts ausmachte, hier ein bißchen zu tricksen, dort ein bißchen zu schummeln oder zu lügen und an anderer Stelle auch mal auf die Tränendrüse zu drücken oder auf Mitleid zu machen, je nachdem, was gerade nützlich war? So schmiß er die Schule, quartierte sich bei der Familie eines ehemaligen Lehrers ein und verschwand von dort wieder über Nacht, ohne sich um die Sorgen und Ängste der Menschen zu kümmern, die ihn so selbstlos aufgenommen hatten. Immer wieder war er für Monate von der Bildfläche verschwunden, war in Drogengeschäfte und Hehlereien verwickelt, versprach sich zu bessern und fing doch wieder damit an. Wer auch immer ihm helfen wollte oder glaubte, ihn auf eine rechtschaffene Lebensbahn zurückführen zu können, mußte irgendwann ernüchtert einsehen, daß dies ein hoffnungsloses Unterfangen war. Es war zu spät, längst zu spät. Andis Charakter, der womöglich einmal kein schlechter gewesen war, war durch eine fatale Kombination geprägt und irreversibel vergiftet worden: die ärmliche Familienherkunft, die er mit allen Mitteln zu überwinden suchte, die Erkenntnis, daß er die Fähigkeit besaß, andere nach seinem Willen zu beeinflussen und die Erfahrung, daß er seine Ziele und Wünsche allzu leicht mit Lug und Trug, Falschheit und der Manipulation labiler Charaktere erlangen konnte. So war wohl schon im Beginn der Kinderfreundschaft zwischen dem einfältigen Benny und dem berechnenden Andi der Weg in Richtung einer schiefen Lebensbahn vorgezeichnet.

Glücksspiele

Es gibt Dinge im Leben, von denen wohl jeder behaupten wird, daß er oder sie ganz sicher nicht in eine solche Situation geraten oder ihm dieses und jenes garantiert nicht passieren würde. Aber das Leben schreibt ja bekanntlich die unglaublichsten Geschichten. Und der Autor, zumindest der Co-Autor dieser Geschichten, sind wir selbst. Denn es sind nicht zuletzt unsere Handlungen und Entscheidungen, die den Lauf unserer Lebensgeschichte mitbestimmen.

Es war Sommer und die Sonne strahlte vielversprechend von einem warm-blauen Himmel herab. Er hatte Urlaub und jede Menge Zeit, somit die beste Gelegenheit, den Markt im nächstgelegenen Städtchen zu besuchen. Wie schön war es doch, sich ganz ohne Verpflichtungen oder Termine treiben zu lassen und einfach so als Mensch unter Menschen dahin zu schlendern. Bunte Tücher flatterten in einer leichten Sommerbrise und trugen den Duft frischer Waffeln mit sich. Der Eisverkäufer in der weißen Schürze hatte alle Hände voll zu tun und an einem Käsestand lagen allerlei blankpolierte Käselaibe, die ihn anlachten. Eine ältere Dame mit einem kleinen weißen Pudel auf dem Arm kam ihm entgegen und zwei Mädchen hielten jedes stolz einen Luftballon in die Höhe. Ein wohlbeleibtes Paar mittleren Alters stand an der Bratwurstbude und preßte aus einer riesigen Flasche rotgelben Senf auf die sich aus zwei Brötchen windenden Würste. Alles war so wohlvertraut und wohltuend, daß es ihm vorkam, als ob er es schon tausend Mal gesehen und erlebt hätte. Gleichzeitig befiel ihn das ernüchternde Gefühl von „ist doch immer das Gleiche". An so einem strahlenden Tag wie heute war ihm nach einer Abwechslung zumute, einem spannenderen Zeitvertreib und Nervenkitzel. Wahrscheinlich war sein Auge bei diesen Gedanken unbewußt auf etwas ihm Unbekanntes gerichtet, als ein Losverkäufer ihm eine Schachtel hinhielt mit dem Spruch: „Drei Lose nur eine Mark!" Überrascht sah er auf, drückte dem Mann eine Münze in die Hand, zog beiläufig drei Lose und steckte sie in die Hosentasche. Da fiel sein Blick auf eine kleine Menschentraube: dort schien es munter zuzugehen und seine Neugier war geweckt. Als er nähertrat, erkannte er einen Mann, der auf einem Klappstuhl saß und eine Kiste vor sich gestellt hatte. In einer Hand hielt er drei Hütchen, in der anderen eine noch kleinere Kugel. Diese legte er unter eines der Hütchen auf der Kiste, setzte die zwei anderen daneben und begann, die Hütchen hin und her zu schieben. Dann stoppte er seine Bewegungen und fragte in die Runde: „Wo ist die Kugel?" Einer aus dem Publikum deutete auf das Hütchen rechts außen und antwortete: „Da ist sie!" Das Hütchen wurde angehoben und richtig: da war die Kugel.

Ein nettes Spielchen, dachte er sich und blieb belustigt stehen. Er setzte fünf Mark und das Spiel ging von neuem los. Es lief wie gehabt und er erriet mit Leichtigkeit, wo die Kugel steckte. Schon hatte er seinen Einsatz plus weitere fünf Mark gewonnen. Das ermunterte ihn weiterzuspielen. Er verdoppelte seinen Einsatz und gewann wieder. Leicht verdientes Geld, so schien es. Und schon ging es mit zwanzig Mark Einsatz in die dritte Spielrunde. Nun aber erhöhte der Hütchenspieler seine Jongliergeschwindigkeit deutlich. Es war beinahe atemberaubend, wie schnell er die Hütchen hin und her schob, bis er unerwartet innehielt. Konzentriert hatte der Spieler das Verschieben der Hütchen verfolgt, jedoch deutlich angespannter als zuvor. Er glaubte das Spiel sei beendet und war für eine Sekunde unaufmerksam. Genau darauf hatte der Hütchenspieler gewartet: blitzschnell setzte er die Hütchen erneut in Bewegung, so daß der bisher sichere Spieler das Hütchen mit der Kugel darunter aus den Augen verlor und nur noch raten konnte, wo die Kugel wohl sein mochte. Doch er lag falsch und weg war sein Einsatz samt seiner Gewinne zuvor. Ärgerlich schaute er nach dem Hütchenspieler, weil der ihn irritiert und - wie er argwöhnte - reingelegt hatte. So war das nicht ausgemacht gewesen. Man hatte falsch gespielt und er begann einen Disput. Doch dieser war, wie vorauszusehen, nicht von Erfolg gekrönt und man sollte annehmen, daß er es dabei hätte bewenden lassen. An dieser Stelle aber kam so etwas wie verletzte Eitelkeit ins Spiel. Vielleicht war es auch der Gedanke: „Dem zeig ich's! Nicht mit mir!" Man einigte sich auf ein erneutes Spiel, der Einsatz lag nun bei fünfzig Mark. Er nestelte in seiner Tasche, hatte er überhaupt so viel Geld eingesteckt? Er kratzte alles zusammen, um den geforderten Betrag aufzubringen, denn er wollte unbedingt seinen Einsatz zurückhaben. Und wieder begann das Verschieben der Hütchen in erhöhtem Tempo. Diesmal schaute er genau hin und ließ sich durch nichts aus der Ruhe bringen. Diesmal war er sich seiner Sache ganz sicher und deutete, nachdem der Hütchenspieler das Verschieben der Hütchen beendet hatte, auf das mittlere der drei zur Auswahl stehenden. Doch da war keine Kugel! Ungläubig starrte er auf die leere Stelle. Das konnte nicht sein! Sie MUSSTE da sein! „Aaaaber…", brachte er hervor, doch als er aufschaute, hatte der Hütchenspieler Hütchen und Geld eingesteckt und war mitsamt seinen Komplizen aus dem Publikum in der Menge verschwunden. Da verstand er endlich: das Ganze war ein abgekartetes Spiel gewesen und er war das Opfer. Man hatte ihn mit kleinen Anfangsgewinnen gelockt, ihm mit einer Ablenkung einen Verlust zugefügt und dann auf die bei den meisten Spielern vorhandene feste Überzeugung gesetzt, beim nächsten Spiel werde man ganz sicher alles wieder zurückgewinnen.

Geknickt und beschämt daß er sich so hatte ausnehmen lassen, machte er sich mit hängenden Schultern auf den Weg nach Hause. Der Tag hatte so schön und unbeschwert begonnen und dann das. In Wirklichkeit waren nur wenige Minuten vergangen, doch für ihn war nun alles anders. Das bunte Treiben um ihn herum war ihm jetzt gleichgültig. Seine Hand suchte in der Hosentasche nach etwas Kleingeld, aber er hatte nicht einmal mehr genug, um sich eine Kugel Eis zu kaufen. „Wie kann man nur so blöd sein", brummte er vor sich hin, da fühlte er die drei Lose in seinen Fingern. Er zog sie heraus und betrachtete sie mißmutig. Noch so ein Glücksspiel, bei dem doch stets nur eine Seite Glück hat, dachte er, zerriß sie und ließ die Papierschnipsel zu Boden rieseln. Auf dem weiteren Heimweg kam ihm die Erkenntnis, daß er bei dem Hütchenspiel nie eine Gewinnchance gehabt hatte. Er war sich jetzt sicher, daß bei dem letzten, entscheidenden Spiel überhaupt keine Kugel mehr im Spiel gewesen war. Ein Seufzer drang aus seiner Brust: nein, mit solchen Spielereien wollte er nie wieder etwas zu tun haben. Hätte er geahnt, daß er gerade den „Hauptgewinn" der Lotterie achtlos weggeworfen hatte, hätte er sich vielleicht anders besonnen. Aber vielleicht war genau das auch sein Glück.

Immer montags

So ist es immer montags: Wochenbeginn und alle haben es eilig, um pünktlich zum Bahnhof oder zur Arbeit zu kommen. Auf den Straßen dichtes Auffahren, Drängeln, Überholen in engen Kurven. Offenbar gibt es viele, die nichts dazu lernen. Oder sind es immer dieselben, denen man begegnet? Wie auch immer, Montage sind allgemein nicht gerade beliebt. In *einer* Kategorie allerdings sind sie in Sachen Beliebtheit unübertroffen: dem Blaumachen. Denn nicht nur auf den Straßen herrscht an einem Montagmorgen dichtes Gedränge, auch in den Wartezimmern herrscht eine besonders hohe Patientendichte. Ganz gleich ob einer tatsächlich, nur in seiner Einbildung oder rein zweckmäßig krank ist, an diesem Tag *m u ß* er sich in die Hände der Medizin begeben, um den begehrten gelben Schein zu ergattern.

Alle anderen ohne ebendiesen Schein sind (in welcher Mission auch immer) unterwegs: Einkäufe, Besuche, Chauffeurfahrten, Behördengänge. Es gibt viel zu tun. Dabei heißt es stets, die Zeit im Blick zu behalten und sich nicht aufhalten zu lassen. So verlaufen die Tage und mit ihnen die Monate und Jahre. Wir stecken mittendrin und doch sagen wir: „DAS haben wir nicht gewußt!" In unserer Geschäftigkeit ist uns wahrscheinlich wirklich nichts aufgefallen. Wir haben nicht hingeschaut, nicht hingehört und nicht hingespürt. Wir waren müde, abgelenkt und genervt oder wollten einfach nur schnell weiter, um den nächsten Punkt auf unserer Lebensagenda zu erledigen. Alles menschlich, oder? Doch inmitten dieses Menschelns haben wir der geschäftemachenden Barbarei Tür und Tor geöffnet. Denn Montag ist auch der Tag, an dem die

Männer in den langen weißen Schürzen und den hohen Gummistiefeln bereit stehen. Schranken öffnen sich und schwere Transporter rollen an. Es wird rangiert und Reifen quietschen. Dann herrscht Ruhe. Papiere rascheln, denn alles muß seine Ordnung haben. Und dann ist sie gekommen: die Stunde der Elektroschocker, der Bolzen und der langen Messer. Alles läuft planmäßig, denn der Akkord muß stimmen. Und die Rendite. Und der Profit. Nicht doch, DAS haben wir nicht gewußt! Wir mußten ja schließlich etwas essen. Nein, nein, dabei hätten wir niemals mitgemacht! Aber wir wollten auch nicht das Doppelte und mehr bezahlen. Und nein, das hätten wir nicht gewollt! Aber was hätten WIR schon tun können?

Es gab einmal eine Zeit, in der es völlig normal und alltäglich war, daß Menschen gejagt, versklavt und auf Märkten verkauft wurden. Daß man Menschen als „Leibeigene" betrachtete oder als „unwertes Leben" auslöschte. Heute reden wir von der Menschenwürde und das ist gut so. Aber sind nicht auch Tiere Lebewesen mit allen Empfindungen derer ein Lebewesen fähig ist? Wo bleiben die Anwälte, die sich für die Würde der Tiere einsetzen? Was sind wir moderne Menschen, die wir uns mit Humanität brüsten, doch für erbärmliche Heuchler! Ohne mit der Wimper zu zucken, opfern wir die Moral gegenüber unseren Mitgeschöpfen auf dem Altar des schnellen Profits und der billigen Völlerei. Trotzdem - oder gerade deswegen - bin ich mir sicher, daß eine Zeit kommen wird, in der diese menschliche Triebhaftigkeit und Maßlosigkeit überwunden sein wird. Dann werden alle Paläste aus den Rippen der Schweine, alle Glasfassaden aus den Knochen und Häuten der Rinder und alle Traumschlösser aus den Flügeln der Hühner und Puten von der Erde verschwinden. Auch dann, wenn wir wieder einmal nichts davon wissen wollen.

Zur Sonne

Es war ein Abend an einem warmen Frühherbsttag. Der weiche und warme Hauch des Sommers war noch allerorten spürbar und ließ Myriaden von Mücken in der Abendluft tanzen. Das Laub des Mirabellenbaumes leuchtete in reifem Gelb und überall herrschte geschäftiges Treiben vermischt mit Kinderlachen und dem Knattern von Traktoren. Nur am westlichen Horizont waren bereits erste zarte Streifen eines noch scheuen Abendrots zu erkennen.

Der alte Axt von nebenan kam soeben nach Hause, die eine Hand auf seine Gartenhacke gestützt und in der anderen einen Eimer voll schwarzer Johannisbeeren tragend. Mit schweren Beinen aber glücklich stieg er die Treppen zu seiner Haustür hinauf, um seine Ernte heimzubringen. Der Gemeindearbeiter Mennert hatte mit dem Beschnitt der Hecke am Kindergarten ebenfalls sein Tagwerk beendet und war soeben darangegangen, die auf dem Gehsteig liegenden abgeschnittenen Zweige mit wichtiger Miene zusammenzufegen. Auch der Ladeninhaber Joste hatte damit begonnen, die vor seinem Schaufenster stehenden Kisten mit Blumen und Äpfeln in sein Geschäft hineinzutragen, während sich auf der Ortsbank am Eck gegenüber schon die ersten der üblicherweise hier Sitzenden zum abendlichen Neuigkeitsaustausch eingefunden hatten. Sie hatten ihren Standort sorgfältig gewählt: nichts entging ihren Augen und Ohren.

All diese Gewohnheiten, Geschäfte und Geräusche hatten etwas Alltägliches und doch mußten sie jedem, der nach Ruhe und innerer Einkehr suchte, wie ein nicht stillstehender Taubenschlag vorkommen. Um diesem täglichen Treiben zu entgehen, wandte er sich in Richtung Obergasse, wo ihm nur ein laues Fahrtlüftchen auf der Haut entgegenkam, das zärtlich in seinen Haaren spielte. Eine kurze Strecke über Feld, über eine befahrene Straße hinweg, dann den Gang herausnehmen und das Fahrzeug ein kleines Stück rollen lassen. Dann scharf links in eine schmale Seitenstraße abbiegen, den ersten Gang einlegen und eine kleine Anhöhe hinauf. Diese war so steil, daß man die weiterführende Straße dahinter zunächst nicht sehen konnte, sondern nur den Himmel und lichte Baumkronen. Hatte man die Anhöhe glücklich erklommen, öffnete sich eine Allee hundertjähriger Lindenbäume, die dem Ankommenden ein feierliches Willkommen zuflüsterten. Diese Giganten, gepflanzt entlang der Bahngleise, waren ein wahrhaft würdiges Empfangskomitee: sie spendeten Schatten und ließen doch genügend Abendsonne hindurch.

Bald war er an seinem Ziel angekommen, dort wo mitten in der Lindenstraße ein geländerbewehrtes schwankendes Brücklein auf ihn wartete. Ganz bescheiden lag es da und wer es nicht kannte, hätte es leicht übersehen können. Aber er war schon oft hier gewesen und fand mit sicherem Schritt den Weg zu den unscheinbar lächelnden Fenstern des Gasthauses

„Zur Sonne". Es war eine Ortswirtschaft, denkbar einfach und mit wenig Komfort: Tische und Stühle waren alt und abgenutzt, dennoch war es hier heimelig wie in einer alten Bauernküche. Mitten auf jedem Tisch lag ein handbesticktes Deckchen, darauf stand eine Vase mit einer Handvoll künstlicher Blumen, wie man sie anläßlich einer Kirchweih zum Beweis seiner Treffsicherheit unnötigerweise mit nach Hause bringt. Er ließ sich ein Bier bringen und saß schweigend vor seinem Glas. Das kalte herbe Getränk floß seine Kehle hinab und spülte den trockenen Staub der Landstraße mit hinunter. Noch einmal nahm er einige kräftige Schlucke, bis er fühlte, daß seine Kehle wieder frei war. Der Wirt brachte geräuschlos ein zweites Bier und ließ den schweigsamen Gast mit seinen Gedanken allein. Der saß nach vorne gebeugt und auf seine muskulösen Unterarme gestützt am Tisch und betrachtete sinnend die Kerben in der Tischplatte vor ihm. Wer mochte hier schon alles gesessen haben? Wie viele dreckverkrustete Arme und müden Fäuste, wie viele Gestrauchelte und Gestrandete mochten wie er jetzt diese Tischplatte mit ihren Höhen und Tiefen betrachtet haben?

So saß er an seinem Tisch und ging in Gedanken noch einmal den zu Ende gehenden Tag durch: seine Arbeit in der Fabrik mit dem immer gleichen Tagesablauf, den immer gleichen Handgriffen und den immer gleichen Kollegen mit ihren immer gleichen Reden. Ein Tag war wie der andere, dazu die dauernde Sorge, ob es zum Unterhalt der Familie und zur Deckung aller Kosten reichte. Wenn er wie jetzt einmal zur Ruhe und zum Nachdenken kam, sah er sich selbst wie eine scheinbar ziellos krabbelnde Ameise, die immer gerade auf dem Weg von irgendwo nach irgendwo war, ohne dabei einmal zur Ruhe zu kommen. Immer in Sorge, den gerade erhaltenen Auftrag schnellstmöglich auszuführen, nur um gleich darauf wieder den nächsten entgegennehmen zu können. Und immer so weiter und immer so fort, bis das Krabbelleben eines schönen Tages beendet sein würde. War es dieses Mühen, das man als Sinn des Lebens bezeichnen konnte? Es war ganz sicher wichtig und richtig, aber tief in seinem Inneren spürte er, daß dies nicht alles war. Daß es noch etwas anderes gab und geben mußte, das er in Stunden wie diesen beinahe körperlich spüren konnte.

Inzwischen hatten sich außer ihm noch weitere Männer in der kleinen Dorfwirtschaft eingefunden. Einige saßen am Tresen, von wo leise mit dem Wirt gewechselte Wortfetzen zu ihm herüberdrangen. Ein festes Grüppchen spielte Karten an einem Tisch in der Ecke, er jedoch hatte sich wie gewohnt an der von der Theke entfernten Wand auf der Bank neben dem kleinen Sprossenfenster niedergelassen. Hier war er ungestört und konnte seine Betrachtungen fortsetzen. Er saß gern an diesem Allerweltstisch inmitten anderer Menschen und doch ganz in sich gekehrt. Er betrachtete seine Hände, mit denen er schon als Kind viele grobe Arbeiten hatte verrichten müssen. Und ja, er hatte sie auch benutzt, um zu töten. Natürlich nicht zum Spaß, er war kein gewalttätiger Mensch. Es war eben notwendig gewesen, um selbst zu überleben. Manche bezeichneten ihn als gottlos, doch er fühlte sich deswegen nicht schuldig. Dennoch hatten ihn diese Erlebnisse stärker geprägt, als er sich selbst zugestehen wollte. Er hatte viele Menschen kennengelernt, davon die meisten mit unguten oder zumindest egoistischen Absichten. Seine Lebenserfahrung besagte deshalb, daß er diesen anderen nicht schwach, sondern stets wehrhaft gegenübertreten mußte. Zum Schutz seines Gefühlslebens hatte er sich zudem einen gut isolierenden

Mantel zugelegt. Und doch konnte man sein wahres Inneres leicht erkennen, denn wann immer einer seiner Hilfe bedurfte, so half er gerne und gab reichlich.

Inzwischen hatte er sein drittes Bier ausgetrunken und es wurde Zeit zu gehen. Während er nach dem Geldschein in seiner Westentasche tastete, winkte er dem Wirt. Er atmete tief aus und wollte sich eben erheben, da fiel das Gold der Abendsonne in einem breiten Strahl durch das kleine verstaubte Fenster auf ihn herab. In diesem wunderbaren Augenblick rührte ihn mit einem Mal die Erkenntnis der himmlischen Unendlichkeit in tausend Funken und Strahlen an und eine zeitlose, überirdische Kraft durchströmte ihn. Ja, er hatte wahrhaft Einkehr gehalten und verließ das Gasthaus neu gestärkt für den staubigen und eintönigen Alltag mit all seinen Wirren und Widrigkeiten.

Zweite Halbzeit

In der letzten Zeit war er schweigsam geworden und hatte sich mehr und mehr zurückgezogen. Das war ungewöhnlich und konnte keinesfalls allein an der winterlichen Jahreszeit und den eher unwirtlichen Wetterbedingungen liegen. Offenbar war ihm etwas auf's Gemüt geschlagen. Aber was? Die Freunde respektierten sein Bedürfnis nach Ruhe, schließlich durchlebt jeder von uns solche Phasen.

Mitten im Leben ist schließlich immer etwas, wenn auch für andere oftmals nicht erkennbar. Mal ist es eine Veränderung am Arbeitsplatz, im Familienleben oder unsere Gesundheit betreffend, die wir nur schwer verkraften und die uns bedrückt. Vielleicht ist es auch nur die Erkenntnis, daß man nicht mehr die gleiche Kondition wie früher beim Sport oder beim Feiern hat. Oder wir stellen plötzlich fest, wie tatterig und vergeßlich die eigenen Eltern oder die unserer Schulkameraden geworden sind. Wir haben sie länger nicht gesehen und mit einem Male sind sie nicht mehr wie noch in unseren Köpfen in den vitalen Vierzigern sondern „alt" geworden. Eine jähe Erinnerung daran, daß die Zeit nicht stillsteht. Sie läuft immer weiter und weiter: ein Uhrwerk, das nicht aufzuhalten ist.

Ein Blick auf den Kalender schaffte endlich Klarheit: es war sein Geburtstag, der ihn beschäftigte. Er würde ein Jährchen älter werden, wieder eines. Doch diesmal war alles anders und der Tag alles andere als ein „normaler" Geburtstag, es war eine eindeutige Zäsur. Mit dreißig dachte er sich: „Okay, nochmal dreißig Jahre, dann geht's ins Rentenalter. Bis dahin ist noch viel zu tun." Zehn arbeitsreiche Jahre später, als er vierzig wurde, dachte er sich: „Jetzt bin ich im besten Alter. Folgen also, von einer durchschnittlichen mitteleuropäischen Lebenserwartung für Männer ausgehend, noch einmal vierzig Jahre. Halbzeit also." Aber dieses Mal war es anders, die alten Rechnungen galten nicht mehr, denn mit fünfzig brauchen wir uns nichts mehr vorzumachen: noch einmal fünfzig werden es wohl nicht werden. Der größte Teil des Lebens liegt hinter uns und wir befinden uns eindeutig in der zweiten Halbzeit.

Bei einem Fußballspiel ist die Sache klar: jetzt kann man keine Führung mehr als strategischen Vorteil mit in die Halbzeit nehmen oder auf eine wundersame Kehrtwende nach der Halbzeitpause durch eine klare Ansprache des Trainers oder eine geänderte Taktik hoffen. Das Spiel läuft und wir stehen auf dem Platz und müssen spielen. Wir können jetzt nichts mehr aufschieben oder die Spielzeit herunterspielen, ganz gleich, ob wir in Führung liegen oder im Rückstand sind. Lebenserfahrung hat uns gelehrt, wie schnell das Blatt sich wenden kann und wie ungerecht es oft zugeht. Nein, wir wollen es nicht darauf ankommen und die restliche Spielzeit lustlos dahinplätschern lassen. In der zweiten Halbzeit des Lebens muß man sich am Möglichen im Hier und Jetzt orientieren. Wer die erste Halbzeit verschlafen oder nicht ins Spiel gefunden hat, kann jetzt vielleicht noch einige gute Möglichkeiten herausarbeiten und Tore erzielen. Sollte dies nicht gelingen, dann hat er wenigstens sein Bestes gegeben.

Wer über fünfzig ist, der spielt überlegter und vorausschauender, denn er muß mit seinen Kräften haushalten. Er wird nicht mehr volle Pulle über den halben Platz fegen, nur um ein spektakuläres Solo-Dribbling hinzulegen, drei Mann stehen zu lassen und mit einem Schuß auf's Tor zu glänzen. Er muß keinem mehr, auch sich selbst nicht, irgendetwas beweisen. Stattdessen kommt es ihm darauf an, in einer eingespielten Mannschaft, mit sicherem Ballgefühl und klugen Pässen ein gutes Spiel abzuliefern.

Sie sind auch über fünfzig? Sehr gut! Spieler wie Sie würde ich bevorzugt in meine Zweite-Halbzeit-Mannschaft wählen.

Schwarz und Weiß

Neulich war ich in einem Altenheim, wobei diese Bezeichnung längst nicht mehr zeitgemäß ist. Denn Wohnanlagen für betagte oder pflegebedürftige Menschen nennt man ja neuerdings „Seniorenresidenz". Schließlich wohnt man hier nicht nur, man residiert, weil es ganz einfach besser klingt. Eine solcher Begriff suggeriert, daß der hier Wohnende außer einem Zimmermädchen auch einen Koch, einen Hausmeister, einen Gärtner und einen Gesellschafter sein eigen nennt, damit der liebe lange Tag von A wie Aufstehen bis Z wie Zubettgehen durchgeplant und durchorganisiert ist und so ein wenig Struktur erhält. Man braucht sich um nichts mehr zu sorgen, das besorgen andere. Erschreckenderweise, so scheint mir, sehnt mancher deutlich Jüngere schon heute genau diesen Zustand für sich herbei, offenbar in der Annahme, er sei dann im irdischen Paradies des Rundum-Versorgt-Seins angelangt.

Es wäre ja auch durchaus erfreulich, wenn es denn so wäre. Doch die Realität sieht meistens anders aus: orientierungslose Menschen, Schwerstpflegebedürftige und Menschen ohne Angehörige auf der einen Seite und gar nicht oder nur schlecht ausgebildetes und/oder dauergestresstes Personal auf der anderen Seite, für das der Dienst im Minutentakt vorgegeben ist. Jede Tätigkeit vom Anziehen der Schuhe bis hin zum Eingießen des Kaffees am Morgen ist pro Person in einem festgelegten Minuten-Zeitplan zu erfassen und nur wenn genügend Minuten zusammengekommen sind, ist eine Arbeitskraft auch begründet. Unvorhergesehene Ereignisse wie eine Unpäßlichkeit, das Herunterfallen von Geschirr oder die Unverträglichkeit neuer Tabletten gibt es nach diesem Plan nicht. Und wenn doch, dann müssen diese gar nicht seltenen weil sehr menschlichen Vorfälle „zwischendurch" und entsprechend schnell erledigt werden. Nichts leichter als das: Füttern mit der rechten und Beseitigen des zerbrochenen Tellers mit der linken Hand. Alles kein Problem für die Plänemacher in den Chefetagen, für die zuerst und vor allem zählt, daß am Monatsende möglichst viel Rendite für die Aktionäre hängenbleibt. Der Mensch, ach ja, der kommt in ihrem Kalkül zuletzt: sowohl der alte als auch der junge. Machen wir uns darum nichts vor: in vielen dieser als großzügig und beinahe paradiesisch angepriesenen Residenzen residiert nur eines: die profane Gier nach dem Mammon! Und es werden ständig neue Gemeinheiten erfunden, um aus der Pflege alter Menschen noch mehr Kapital zu schlagen.

An dieser Stelle folgt gewöhnlich der Spruch von den „schwarzen Schafen", die es ja leider in jeder Branche gebe. Das ist wohl richtig. Richtig ist aber auch, daß es im Leben nicht nur Schwarz und Weiß gibt. Der Alltag ist in der Regel grau, grau wie eine dicke Nebelbank, die eine Orientierung schwierig macht. Und was die Schafe angeht, so ist in vielen Bereichen unseres Lebens leider festzustellen: schwarze Schafe gibt es zur Genüge, selten geworden sind die weißen Schafe.

Am Ende des Weges

Es war früher Februar. Das neue Jahr war noch jung und hatte sich bislang nur von seiner ungemütlichen Seite gezeigt. Seit Wochen herrschte eine beunruhigende Launenhaftigkeit aus Regen, Wind und Schnee. Während ein schmutziggrauer Schneerest auf Mauern und in Straßenecken vor sich hinstarb, trommelten unablässig Tropfen von allen Dächern und Ästen. Gleichzeitig fauchte der Wind durch alle Ritzen, erfaßte die letzten Reste von zerschlissenem Laub, Papierfetzen und feinen Staubkörnchen und fegte sie durch die feuchtkalte Luft. Der Himmel hatte sich in den letzten Stunden in einen dunklen Umhang gehüllt. Wer jetzt unterwegs war, der mußte den Blick auf die Erde richten, um seinen Weg zu finden. Eine Meise wand das Köpfchen, hielt inne und flüchtete in das Unterholz einer dichten Hecke, als sich nähernde Schritte hörbar wurden. Es waren feste Schritte, die langsam den Kiesweg heraufkamen.

Am Ende des Kiesweges stand das Krematorium. Vor den Eingangsstufen wartete eine junge Frau auf den Ankommenden. Gemeinsam passierten sie die zu beiden Seiten der Stufen aufgestellten überdimensionalen Blumenkübel aus Sandstein und betraten das Gebäude. Ein Angestellter hinter einer halbblinden Scheibe sah auf. „Ja?", fragte er und verließ die beiden nach kurzem Gespräch mit einem „einen Moment bitte". Er schlüpfte in einen Nebenraum, wo er halblaut mit einem unsichtbaren Kollegen sprach. Dieser erschien kurze Zeit später und führte die Besucher zu einer kleinen Nische, die von einem schweren, staubigen Vorhang verdeckt wurde. Stumm drückte er beiden die Hände und verschwand wieder in der schummrigen Dunkelheit des Hauses. In dem nun herrschenden Schweigen hörte man, wie in einem Nebenraum ein Schalter betätigt wurde, worauf sich der schwere Vorhang summend zur Seite schob. Dann sahen sie ihn, ihren Freund und Bruder, der bleich und starr im offenen Sarg vor ihnen lag.

Der Tod war schnell gekommen. Schon seit geraumer Zeit war er nicht mehr der Alte gewesen. Immer weniger war er geworden und immer weniger Teilnahme hatte er an den Dingen gezeigt, die ihn früher begeistert hatten. Seine Lebenskraft schien wie Schnee in der Frühlingssonne dahin zu schmelzen. Von den vielen, die um ihn waren, hatte er zuletzt nur noch wenige an seiner Seite geduldet. Alle anderen wußten nicht, daß es ihm schlecht ging und sie sollten es auch nicht wissen. Denn wenn ein Leittier sein Ende kommen fühlt, will es sich zurückziehen und nicht von mittelmäßigen und unbedeutenden Herdenmitgliedern mitgeschleppt werden. Es hat seinen Stolz und wird seine Schwäche nicht offen zeigen. Und wenn der Tod es dann heimsucht, wird es ihn schon erwarten. Doch nicht nur in den letzten Monaten seines Lebens hatte der Bruder mit den Menschen gebrochen. Er verfügte, daß ihm auch nach seinem Tode all die windigen Lumpen vom Leibe bleiben sollten: keine pompösen Kranzgebinde mit Trauerflor, keine blecherne Posaunenmusik, keine heuchlerischen Abschiedsreden und kein Leichenschmaus. Er würde hinausgegangen sein und nur die von ihm als Bruder und Schwester im Geiste Auserwählten waren dazu bestimmt, ihm auf seinem letzten Weg so weit zu folgen, bis der unablässig vom Himmel fallende Schnee seine Spuren nach und nach mit dem unendlich großen weißen Tuch bedeckt haben würde.

Zeitfracht Medien GmbH
Ferdinand-Jühlke-Straße 7
99095 Erfurt, Deutschland
produktsicherheit@kolibri360.de